카프 시인집

카프 시인집

김창술 권환 임화 박세영 안막 지음

한국 시집 초간본 100주년 기념판 — 바람

일러두기

1. 이 책의 텍스트는 1931년 11월 발행된 『카프 시인집』의 초간본이다.
2. 〈××〉, 〈……〉는 당시 검열에 의해 삭제된 부분이다. 재구할 수 있는 부분은 고딕체로 처리하였다.
3. 표기는 원칙적으로 현행 맞춤법에 따랐다. 그러나 특별한 시적 효과와 관련된다고 판단되는 경우는 원문의 표기를 그대로 두었다.
4. 한자는 한글로 고치되, 꼭 필요한 경우는 괄호 처리 하였다.
5. 편자 주는 후주로 처리하였다.
6. 한 편의 시가 다음 면으로 이어질 때 연이 나뉘면 첫 번째 행 상단에 줄 비움 기호(>)를 넣어 구분하였다.

김창술 편

권환 편

임화 편

박세영 편

안막 편

김창술 편

기차는 북으로 북으로

오전 6시
길 떠나려는 기차가 발버둥치는 아침
봄이라지만 칼날 같은 서릿바람이 대지를 호령한다

동무여!
왜 그대는 ××××바 되어
왜 그대는 가지 않으면 안 되는가
왜 그대를 보내러 온 나는
왜 그대를 말리지는 못하는가
침묵…… 침묵만이 흐르는 이 순간이여
잊지 말아라! 벗아!

깊은 신념으로 맹세한 그것만을
그 힘은
우리를 채찍질하였고
우리를 더욱 사랑하지 않았는가

>

몇 분 동안의 대면을 오직 묵묵히 보내는 그대와 나

이 침통한 공기를 기관차는 헤치고 가는구나 끊임없는
프롤레타리아의 용진(勇進)과도 같이

「그러면 부디 평안히!」

광야를 지나 대강(大江)을 건너
기차는 북으로 북으로 질주한다
장쾌히 장쾌히

오월의 훈기(薰氣)

사랑하는 친구여!
꽃 피던 봄도 인젠 가버렸구나
봄이 오면은 세상 사람들이 봄빛을 따랐고
그리고 봄빛은 세상 사람들을 끌어내어서 젊음을 찾았었다

그리하였다

우리가 공장에서 젊은 피를 말릴 때에 우리가 탄갱(炭坑) 속에서 바다 위에서 산과 들에서 모든 정력을 흐트리는 가운데 봄은 우리를 찾았었다

기나긴 늦은 봄날 우리의 한 떼가 도로코*를 밀고 레일 위를 치달을 때
씩씩한 그대와 모든 동무들의 걸음이 한층 빛났었다

개미의 규율 같은 우리들의 행렬이 그 근로의 향진을 계

속하는 가운데 그 봄은 가버렸다

지난겨울에 얼어터진 발뒤꿈치가 아물기도 전에

뺀득이와 풀뿌리를 먹고 독이 나서 누워 계신 어머님께 약 한 첩 드리지 못하는 비참 속에 봄은 가버렸다

사랑하는 친구여!

용감한 우리의 젊은 사나이야!

이 봄이 가기 전 아마 이월 스무날 저녁이었었다.

우리들이 머리를 마주 대고 씩씩하고도 기쁜 기분 속에서 갈리던 때다

그러나 바로 그 뒤 그대와 모든 근로하는 청년이 삼월의 독수에 붙잡혀 가고

그 봄이 그대들과 나와 말 못 하는 그 속에서 가버렸었다

>

한데 오월이 왔다
꽃동산이 무너지고 울창한 녹음이 깊어 가며 오월이 왔다

그렇지만 그 벽돌담을 넘어서 봄과 또는 오월이
우리 우리 오월의 기운이 그대들의 굳센 의지에 찾아갔으리라

동무여!
그 찬 마룻장을 뚜드리고 어떻게나 지내었는가

지금 나온 용감한 청년들은 오월의 공기를 마시며
근로하는 청년을 찾아서 아아 우리의 피오닐*을 찾아서 오월 태양을 어깨 위에 메고 전진한다
새 세기를 향한 전초(前哨)여 나팔을 불라!
새 세기를 향한 기수(旗手)여 기를 두르라!

그리하여 현실을 메스대 위에 던져라

가신 뒤*

이월…………

함박눈이 펑펑 쏟아지던 그날에

한 동지요 연인인 그리고 남편인 당신을 그 눈 속에서 보내었지요

원수놈의 그날이었습니다

당신을 보내는 이내 마음이 어쩐 일인지 울렁거리었어요

마음이 아팠었고 가슴이 쓰라리었어요

당신과 당신의 동지들을……실은 기차가 움직일 적에

……같이 듣기 싫게도 구르는 바퀴의 음향에

나는 울었어요 너무나 분하여서 울었어요

그러나 내가 남편을 빼앗겼다고 울었다면은 죽일 년이에요

그보다 더한 동지를 빼앗김이 분하였어요

〈우리는 부부의 사랑보다 동지로서 사랑하라고〉

항상 당신께서 하시던 말씀을 잊지 아니했어요 한평생 안 잊을 테에요

그러면이요!

나는 근로하는 청년 굳센 동지…… 기개 용감한…… 당신을 사랑하였고

당신도 아내라기보다 약하나마 동지로서 나를 사랑하시지 않았습니까

…………………… 가시는 순간! 그 순간에 나는 나는 참으로 당신을 보았어요 침착하신 당신의 행동과 엄숙한 당신의 얼굴을 그리고도 빛나시는 눈을

아아 그것은 ……의 용감한 태도임을 알았어요

당신이 가신 뒤

나는 굳세게 …… 왔어요

>

용감한 동지를 찾아서 나아갈 일을 꾀하였고
어느 날 밤에 당신이 쓰시던 ………………박았어요
그리고도! 온 팔뚝이 아픈 줄을 몰랐었어요

우리들의 ……을 그린 이 ……는
모든 동지의 포켓 속에서 괴춤 속에서 작은 피오닐의 책상 속에 안기었어요
어느 날 밤 음악회장에서………………………………………
그리고 돌아오면서 『적련(赤戀)』* 속의 히로인 바실리사를 사모했습니다

칠월의 태양이 불사르는 대지를 밟으며
나도 …… 가게 되었나이다

그 순간! 나의 눈에 불길 이는 그 순간은 전 세계를 태워버리고도 남을 듯하였어요
뜨거운 태양과 불길 이는 나의 마음을 맺어서 지축(地

軸)은 놀고 있을 겝니다

　　…………… 용감히 용감히

　　　　　　　　칠월의 태양을 머리에 이고

　　　　　　　　당신의 아내 BT는 올립니다

앗을 대로 앗으라

불 같이 뜨거운 햇빛 밑에서 살을 데우고 피를 말리며
모든 힘을 다하고 오장을 다 데우면서
알뜰히 지어 놓은 쌀은 누구에게 빼앗겼는가

온 일 년의 정력도 모두 소용이 없었고
또 봄이 왔구나 봄이!
작년 같은 흉년에도 제 놈들이 욕심껏 빼앗아 갔었다
그러고도 그러고도 부족해서 눈이 벌겋구나

그게 원 무슨 소리냐 아무리 뻔뻔한 제 놈들이라 하여도
그리하여 우리들은 우리들은 당연히 소작료의 인상을 거절하였더니라
우리들은 우리들을 방위할 ××를 만들었고 그 빛나는 의논 속에 항쟁을 계속하였다

그러나 우리는 ×× 놈이요 소작인이기 때문에
용감한 사나이요 근로하는 우리이기 때문에

걷어채이고 뚜드려 맞지 않으면 안 되는가

놀래었으리라 떨었으리라
더러운 공기 속에 신음하는 우리들의 리더를 다시 찾기 위하여
나부끼는 깃발 밑에 장엄한 데모가
×××를 포위하고 또 공격하고…………

앗을 대로 앗아 보아라
네놈들의 잔혹한 ××가 있지 않느냐
그러니 염려도 없겠고 주저할 것도 없으리라
그러나 우리들은 보복을 하지 않으면 안 될 것이 아니냐

벗아!
똑같은 깃발 아래에서 움직이는 세계의 벗들아 그렇지 아니하냐
우리의 희망은 분노는 기쁨은 부르짖음은 모두 우리들의 것이 아니냐

권환 편

정지한 기계

—어느 공장 **노동자** 형제들이 부르는 노래—

기계가 쉰다
괴물 같은 기계가 숨죽은 것 같이 쉰다
우리 손이 팔짱을 끼니
돌아가던 수천 기계도 명령대로 일제히 쉰다
위대도 하다 우리의 **단결**력!

왜 너희들은 못 돌리나?
낡은 명주같이 풀죽은
백랍(白蠟)같이 하얀
고깃기름이 떨어지는 그 손으로는
돌리지 못하겠니?

너희들에게는 여송연 한 개 값도
우리한테는 하루 먹을 쌀값도 안 되는 그 돈 때문에
동녘 하늘이 아직 어두운 찬 새벽부터
언 저녁별이 빤짝일 때까지 돌리는 기계

>

빈 배를 안고 부르짖는 어린 아들딸을
떨쳐 놓고 와서 돌리던 기계

기만(幾萬) 척 비단이 바닷물같이 여기서 나오지만
추운 겨울 병든 아내 울울 떨게 하는 기계
가죽 조대(調帶)에 감겨 뼈까지 가루 된 형제를 보고도
아무 말 없이 눈물 찬 눈만 서로 깜빡이며 그냥 돌리던 기계

왜 너희들은 못 돌리나?
낡은 명주같이 풀죽은
백랍같이 하얀
고깃기름이 떨어지는 그 손으로는
돌리지 못하겠니?

너희들의 호위 ××이 긴 칼을 머리 위에 휘두른다고
겁내서 그만둘진대야

너희들의 〈사랑 첩〉 개량주의가 타협의 단[甘] 사탕을 입에 넣어 준다고
꼬여서 그만 말진대야
우리는 애초에 **파업 투쟁** 시작 안 했을 게다

못난 〈스캄푸〉가 쥐새끼처럼 빠져나간다고
방해돼서 못 할진대야
너희들의 갖은 **탄압**에 떨려서
중도에 **포기**할진대야
우리는 애초에 **파업 투쟁** 시작 안 했을 게다
나폴레옹의 ×××도 무서운 〈××〉의 ××가 우리에게 없었더라면
우리는 애초에 금번 ×을 시작도 안 했을 게다

기계가 쉰다
우리 손이 팔짱을 끼니
돌아가던 수천 기계도 명령대로 일제히 쉰다

위대도 하다 우리의 단결력!

왜 너희들은 못 돌리나?
낡은 명주같이 풀죽은
백랍같이 하얀
고깃기름이 떨어지는 그 손으로는
돌리지 못하겠니?

그대

우리는 그대를 이때껏
다만 한 우리들의 좋은 동무만으로 알았더니라
다만 우리들과 같이 괭이 들고 석탄 파는 한 광부만으로 알았더니라

우리들이 일 마치고 모여 앉은 자리 한구석에서
놈들이 어떻게 어떻게 우리들의 ×××××어 먹는가
또 우리 노동자는 어떻게 어떻게 그들과 싸워야 한다를
차근차근하게 잘 알아듣게 친절하게 말해 주는 다만 한 좋은 동무만으로 알았더니라

그래서 일만 마치면 노름과 싸움밖에 할 줄 모르던 이 광산에
우마 같은 대우도 충실하게 받을 줄밖에 모르던 이 광산에 불평과 **분노**의 화약을 뿌려 주며
놈들과 싸우는 우리들의 군영-조합을 만들어 놓고 간 그대를

그래서 늙은 배암 같은 광산주가 음흉한 꾀로 우리를 속이려 할 때

…………불경기 핑계 대고 적은 임금을 또 내리려 할 때

…………이유 조건도 없이 동무들을 쫓아내려 할 때

밤잠을 안 자고 가만가만 우리들을 찾아다니면서

우리들 가슴속에 가지고 있는 불평과 **분노**의 화약에다 유황불을 붙여 주어

놈들과 끝까지 싸우게 하는 그대를

우리는 다만 한 광부 우리들의 좋은 동무만으로 알았더니라

다만 침착하고 세상 일 잘 알고 정다운 동무만으로 알았더니라

다만 한 좋은 동무만으로 알았더니라

그러다가 인제야 알았다

그대를 놈들의 손에 뺏기고 난 인제야

그대를 다른 많은 용감한 동무들과 같이

감옥소에 끌려 보내고 난 뒤 한 달 된 인제야 알았다
그대도 우리의 가장 미더운 지도자의 한 사람
땅 밑을 파고 다니는 숨은 지도자
조선의 **투사**의 한 사람인 줄을

우리를 가난한 집 여자라고

— 이 노래를 공장에서 일하는 수만 명 우리 자매에게 보냅니다 —

우리들을 여자라고
가난한 집 헐벗은 여자라고
민초처럼 누른 마른 명태처럼 빼빼 야윈
가난한 집 여자라고
놈들 마음대로 해도 될 줄 아느냐
고래 같은 ×들 욕심대로
마른 우리들의 ×를
젖 빨듯이 마음대로 빨아도 될 줄 아느냐

놈들은 많은 이익을 거름같이 갈라 가면서
눈꼽짝만 한 우리 삯돈은
한없는 놈들 욕심대로 자꾸자꾸 내려도
아무 이유 조건도 없이
신고 남은 신발처럼
마음대로 들었다 메다쳐도 될 줄 아느냐

우리가 만들어 주는 그 돈으로

놈들 여편네는 보석과 금으로 꾸며 주고
우리는 집에 병들어 누워 있는*
늙은 부모까지 굶주리게 하느냐

안남미 밥 보리밥에
썩은 나물 반찬
돼지죽보다 더 험한 기숙사 밥
하얀 쌀밥에 고기도 씹어 내버리는
놈의 집 여편네 한번 먹여 봐라

태양도 잘 못 들어오는
어둠컴컴하고 차디찬 방에
출입조차 …………게 하는
감옥보다 더 ……한 이 기숙사살이
낮이면 양산 들고 연인과 식물원 꽃밭에
밤이면 비단 커튼 밑에서 피아노 타는
놈 집 딸자식 하루라도 시켜 봐라

>

걸핏하면 길들이는 원숭이같이
모진 ×××의 날카로운 ×
놈 집 여편네 딸자식 한번 ×어 봐라

우리들을 여자라고
가난한 집 헐벗은 여자라고
마른 피를 마음대로 빨라고 말라
우리도 항쟁을 한다…………을 안다
아무래도 ×어 ×× 일어나는 우린데
이놈의 집에서 쫓겨 나가는 걸
순사들 손에 붙잡혀 가는 걸
눈꼽만치라도 겁낼 줄 아나

아무래도 싸우는 우리니
죽을 때까지 항쟁하리라 싸우리라

가려거든 가거라

—우리 진영 안에 있는 소부르주아지에게 주는 노래—

소부르주아지들아
못나고 비겁한 소부르주아지들아
어서 가거라 너희들 나라로
환멸의 나라로 타락의 나라로

소부르주아지들아
부르주아의 서자식(庶子息) 프롤레타리아의 적인 소부르주아지들아
어서 가거라 너 갈 데로 가거라
홍등이 달린 카페로

따뜻한 너의 집 안방 구석에로
부드러운 보금자리 여편네 무릎 위로!
그래서 환멸의 나라 속에서
달고 단 낮잠이나 자거라

가거라 가 가 어서!

작은 새앙쥐 같은 소부르주아지들아
늙은 여우 같은 소부르주아지들아
너의 가면 너의 야욕 너의 모든 지식의 껍질을 잚어지고

소년공의 노래

우리는 나이 어린 소년공이다

뼈와 힘줄이 아직도
봄바람에 자라난 풀대처럼
연하고 부드러운 나이 어린 소년
부잣집 자식 같으면
따뜻한 햇빛이 덮여 있는 풀밭 위에서
단 과자 씹어 가며 뛰고 놀 나이 어린 소년
부잣집 자식 같으면
공기 좋은 솔숲 속 높은 집 안에서
글 배우고 노래 부를 나이 어린 소년이다

그러나 우리는 지금
햇볕 없고 검은 먼지 찬 제철 공장 안
무겁고 큰 기계 앞에서
짠 땀을 흘리는 소년공이다
이른 아침부터 늦은 저녁까지

기계를 돌리고 마치를 뚜드려도
……운 주인 영감의……
모…… 어른의 앞……로
부드러운 ……에 푸른 ×티만 남기는 것밖에
아무것도 얻어 간 것 없는 소년공이다

그렇지만 우리는 잘 안다
우리와 같이 일하던 많은 아저씨들이
…………
놈들하고 죽도록 싸우다가
×××에……서 ××간 것을
우리는 잘 보았다 우리는 잘 안다

동무들아 나이 어린 소년공 동무들아
×× 아프다고 울기만 하지 말고
×하다고 ××만 하지 말고
우리도 얼른 힘차게 억세게 자라나서

용감한 그 아저씨들과 같이
수백만 우리처럼 가난한 사람들
마른 **피**를 **놈**한테들 **빨**리기만 하는 동무들
이리 가나 저리 가나 **죽음뿐** …………들을 위해서 **싸우**
자 응 **싸**우자!

타락

지도자의 자리는 가지고 싶다
이름도 넓히고 싶다
그리고 소(小)부르 생활도 하고 싶다

그러나 딱하다 가엾다
희생심은 없다
용감성도 없다
지식의 병기도 다 되었다

모순이다 번민이다 딱하다 가엾다
그래서 그들은
회색의 깃발을 높이 들고
…………을 무리하게 끈다

……으로! ……편으로!

오! 딱하다 가엾다

밉다 무섭다
그들은 가만히 앉았거나 하면
죄나 없으련만

머리를 땅까지 숙일 때까지

졌다 기어이 지고 말았다
기어이 지고 말았다
금번 지면 두 번째
두 번째나 기어이 지고 말았다

하기야 작년 금년 두 번이 모두
그 ××자와 마찬가지로 죄 많고 미운
타락 간부
배반자
우리 ××을 타협으로 팔아먹은 그놈들
그놈들 때문에 지기야 졌지만
그렇지만 그놈들을 믿어 일을 맡기고
그런 놈들을 진작 안 쫓고 둔 것은
우리의 책임이다 우리의 허물이다

졌다 기어이 지고 말았다
두 번째나 지고 말았다

그렇지만 우리는 지고 난 ××을 공연히 분하다만 하지 말고
다시 일어날 준비나 하자

타락 간부
배반자
그놈들을 모조리 몰아내 버리고 쫓아내 버리고
이놈의 ××에나 이기도록 하자
그래서 열 번을 지면 열 번을
백 번을 지면 백 번을
일어나고 일어나서
이길 때까지 싸워 보자
××× 머리를 땅까지 숙일 때까지

임화편

다 없어졌는가

몇 번째 ×××××에 패하고
몇 번째 젊은 장정을 빼앗기고
몇 번째 흙발에 채이던 우리들의 집이여

지금은 아무것도 없어지고 말았는가
맨 처음 ××날의 밤을 당하는 어린 동무의 가슴이 뛰고
그것을 근심하는 어머니 형들의 발길이 오고 가던 그 집……
동무들에게 보내는 레포트를 쓰느라고 철필(鐵筆)이 닳고
깨어진 테이블 앞에 주먹을 쥐고 앉아 오래된 경험을 이야기하며
이 사람들의 선두에서 빛나던 그 사나이가 앉았던
그 집이
인제는 간판만……
오랫동안 바람과 비에 씻겨 우리들의 역사를 말하는 듯한
이 헌 간판만이 남아 있는가

>

그러면 인제는 다 아무것도 없어지고
벌건 잉크로 쓰인 〈입(入)〉 자 표와 〈× ×〉의 표가 붙은 옛날의 명부만이
책상 서랍 속에서 잠을 자고 있는가

오오! 그러나 우리는 알고 있다 잘 알고 있다
아무리 일 년을 두고 이태를 두고 만나지를 못한대도
우리들은 어디서고 숨을 쉬고 있으리라
그렇지를 않으냐! 형제야!
무엇으로 우리는 즐기어 살았으며
무엇으로 우리는 행복되었는가
그것은 우리가 **일**하는 까닭이었으며
그것은 우리가 **숨**을 쉬고 있었던 때문이었다

오늘도 형제의 몇은 벽돌담을 노리고 있겠고
오늘도 형제의 몇은 이름 모를 땅에서 헤매리라
그러나 아직도 우리는 숨을 쉬고 있으며

그 사람들은 공장에 가득 차 있다
그래도 누가 감히 인제는 다 없어졌다고 말하겠는가
지구만이 남아 있다면은……
간판에 묵(墨)은 백 번 천 번 칠할 것이고
청년은!
건강한 노래 속에서
잊을 수 없는 ×× 속에서
노동자 농민의 ××를
정말 정말 높이 들리고

말없이 먼지 묻은 명부를 몇 번씩 들쳐 보고는 가는 것이다

네거리의 순이

네가 지금 간다면 어디를 간단 말이냐
그러면 내 사랑하는 젊은 동무
너 내 사랑하는 오직 하나뿐인 동생 순이 너의 사랑하는 그 귀중한 사나이
근로하는 모든 여자의 연인……
그 청년인 용감한 사나이가 어디서 온단 말이냐

눈바람 찬 불쌍한 도시 종로 복판의 순이야!
너와 나는 지나간 꽃 피던 봄에 사랑하는 한 어머니를 눈물 나는 가난 속에서 여의었지!
그리하여 너는 이 믿지 못할 얼굴 하얀 오빠를 염려하고 오빠는 너를 근심하는 가난한 날 속에서도
순이야! 너는 네 마음을 둘 믿음성 있는 이 나라 청년을 가졌었고
내 사랑하는 동무는………
청년의 연인 근로하는 여자 너를 가졌었다

>

그리하여

찬 눈보라가 유리창을 때리는 그날에도 기계 소리에 지워지는 우리들의 참새 너희들의 콧노래와

눈길을 밟는 발소리와 함께 가슴으로 기어드는 청년과 너의 귓속에서 우리들의 젊은 날은 흘러갔으며

또 언 밥이 가난을 울리는 그날에도

우리는 바람과 같이 거리에서 만나 거리에서 헤어지며

골목 뒤에서 의논하고 공장에서 노동하는 그때가

그중 즐거운 젊은 날의 행진이었다

그러나 이 가장 귀중한 너 나의 사이에서 하나 우리들 동무를 집어 간 놈은 누구며 그 일은 웬일이냐

순이야! 이것은……

너도 잘 알고 나도 잘 아는 멀쩡한 사실 아니냐

보아라! 어느 놈이 도적놈인가

이 눈물 나는 가난한 젊은 날이 가진 이 불쌍한 즐거움을 노리는 놈하고

그 조그만 풍선보다 딴 꿈을 안 깨치려는 간절한 마음하고
말하여 보아라 이 나라에 가득 찬 고마운 젊은이들아!

순이야! 누이야!
근로하는 청년 용감한 사나이의 연인아……
생각해 보아라 오늘은 네 귀중한 청년인 용감한 사나이가
젊은 날을 싸움에 보내던 그 손으로
지금은 젊은* 피로 벽돌담에다 달력을 그리겠구나
그리고 이 추운 밤 가느다란 그 다리가 피아노 줄같이 떨리겠구나

또 여봐라 어서
이 사나이도 네 커다란 오빠를……
남은 것이라고는 때 묻은 넥타이 하나뿐이 아니냐

오오! 눈보라는 트럭처럼 길거리를 달아나는구나
자 좋다 바로 종로 네거리가 아니냐!

어서 너와 나는 번개같이 손을 잡고 또 다음 일 계획하러 또 남은 동무와 함께 검은 골목으로 들어가자

네 사나이를 찾고 또 근로하는 모든 여자의 연인인 용감한 청년을 찾으러……

그리하여 끊이지 않는 새로운 용의(用意)와 계획으로 젊은 날을 보내라

우리 오빠와 화로

사랑하는 우리 오빠 어저께 그만 그렇게 위하시던 오빠의 거북무늬 화로가 깨어졌어요

언제나 오빠가 우리들의 피오닐 조그만 기수(旗手)라 부르는 영남이가

지구에 해가 비친 하루의 모든 시간을 담배의 독기 속에 어린 몸을 잠그고 사 온 그 거북무늬 화로가 깨어졌어요

그리하여 지금은 화젓가락만이 불쌍한 영남이하고 저하고처럼

똑 우리 사랑하는 오빠를 잃은 남매와 같이 외롭게 벽에 가 나란히 걸렸어요

오빠……

저는요 저는요 잘 알았어요

왜 그날 오빠가 우리 두 동생을 떠나 그리로 들어가실 그날 밤에

연거푸 만 궐련을 세 개씩이나 피우시고 계셨는지

저는요 잘 알았어요 오빠

언제나 철없는 제가 오빠가 공장에서 돌아와서 고단한 저녁을 잡수실 때 오빠 몸에서 신문지 냄새가 난다고 하면

오빠는 파란 얼굴에 피곤한 웃음을 웃으시며

……네 몸에선 누에똥내가 나지 않니 하시던 세상에 위대하고 용감한 우리 오빠가 왜 그날만

말 한마디 없이 담배 연기로 방 속을 메워 버리시는 우리 우리 용감한 오빠의 마음을 저는 잘 알았어요

천정을 향하여 기어 올라가던 외줄기 담배 연기 속에서 오빠의 강철 가슴속에 박힌 위대한 결정과 성스러운 각오를 저는 분명히 보았어요

그리하여 제가 영남이의 버선 하나도 채 못 기웠을 동안에

문지방을 때리는 쇳소리 바루르 밟는 거친 구두 소리와 함께 가버리지 않으셨어요

그러면서도 사랑하는 우리 위대한 오빠는 불쌍한 저희

남매의 근심을 담배 연기에 싸두고 가지 않으셨어요

오빠! 그래서 저도 영남이도

오빠와 또 가장 위대한 용감한 오빠 친구들의 이야기가 세상을 뒤집을 때

저는 제사기(製絲機)를 떠나서 백 장에 일 전짜리 봉통(封筒)*에 손톱을 뚫어트리고

영남이도 담배 냄새 구렁을 내쫓겨 봉통 꽁무니를 뭅니다

지금 만국 지도 같은 누더기 밑에서 코를 골고 있습니다

오빠! 그러나 염려는 마세요

저는 용감한 이 나라 청년인 우리 오빠와 핏줄을 같이한 계집애이고

영남이도 오빠도 늘 칭찬하던 쇠 같은 거북무늬 화로를 사온 오빠의 동생이 아니에요

그리고 참 오빠 아까 그 젊은 나머지 오빠의 친구들이 왔다 갔습니다

눈물 나는 우리 오빠 동무의 소식을 전해 주고 갔어요

사랑스런 용감한 청년들이었습니다

세상에 가장 위대한 청년들이었습니다

화로는 깨어져도 화젓갈은 깃대처럼 남지 않았어요

우리 오빠는 가셨어도 귀여운 피오닐 영남이가 있고

그리고 모든 어린 피오닐의 따뜻한 누이 품 제 가슴이 아직도 덥습니다

그리고 오빠……

저뿐이 사랑하는 오빠를 잃고 영남이뿐이 굳센 형님을 보낸 것이겠습니까

섧지도 않고 외롭지도 않습니다

세상에 고마운 청년 오빠의 무수한 위대한 친구가 있고

오빠와 형님을 잃은 수없는 계집아이와 동생

저희들의 귀한 동무가 있습니다

그리하여 이다음 일은 지금 섭섭한 분한 사건을 안고 있는 우리 동무 손에서 싸워질 것입니다

>

오빠 오늘 밤을 새워 이만 장을 붙이면 사흘 뒤엔 새 솜옷이 오빠의 떨리는 몸에 입혀질 것입니다

이렇게 세상의 누이동생과 아우는 건강히 오늘날마다를 싸움에서 보냅니다

영남이는 여태 잡니다 밤이 늦었어요

제비

삼월이 지나 유월이 돼도
제비 소리커녕 빗소리도 안 들리는구나

지지난해 〈서대문〉 감옥 남쪽 방에서 듣던
그 소리도 유치장 살림에는 없어졌구나

마루청을 밟는 간수의 구두 소리
절그럭대는 칼 소리로 유월이 되리로구나

하지만 동무들아 너희들은 눈 오는 겨울에도
〈노동자의 봄〉을 물고 나라를 찾아드는 젊은 제비라

총에도 칼에도 꼼짝도 않는 불사조
죽음으로써 〈노동자의 봄〉을 짓고 있으니

제비는 삼월에 남쪽에서 북으로 날아오건만
우리는 겨울에도 ×을 들고 공장에서 싸워야 한다

양말 속의 편지

눈보라는 하루 종일 북쪽 철창을 때리고 갔다
우리들이 그날 회사 뒷문에서 피켓을 모으던 그 밤 같이……

몇 번 몇 번 그것은 왔다 팔 다리 콧구멍 손가락에
그러나 나는 그것이 아프고 쓰린 것보다도 그 뒤의 일이 알고 싶어 정말 견딜 수가 없었다

늙은 어머니와 굶은 아내들이
우리들의 마음을 풀리게 하지나 않았는가 하고

그러나 모두들 다 사나이 자식들이다
언제나 우리는 말하지 않았니
너만이 늙은 어매나 아배를 가진 게 아니고
나만이 사랑하는 계집을 가진 게 아니라고

어매 아배가 다 무어냐 계집자식이 다 무어냐

세상에 사나이 자식이 어떻게 ××이 보기 좋게 패배하는 것을 눈깔로 보느냐

올해같이 몹시 오는 눈도 없었고 올해같이 추운 겨울도 없었다
그래도 우리들은 계집애 어린애까지가
다 기계틀을 내던지고 일어나지 않았니

동해 바다를 거쳐 오는 모진 바람 회사의 펌프, 징 박은 구둣발 휘몰아치는 눈보라!
그 속에서도 우리는 이십 일이나 꿋꿋히 뻗대 오지를 않았니

해고가 다 무어냐 끌려가는 게 다 무어냐 그냥 그대로 황소같이 뻗대고 나가자
보아라! 이 추운 날 이 바람 부는 날! 비누 궤짝 짚신짝을 신고

우리들의 이것을 이기기 위하여
구루마를 끌고 나아가는 저 어린 행상대의 소년을……
그리고 기숙사란 문 잠근 방에서 밥도 안 먹고 이불도 못 덮고
〈이것을 이것을〉 이기려고 울고 부르짖는 저 귀여운 너희들의 계집애들을……

우산 받은 요꼬하마의 부두

항구의 계집애야! 이국의 계집애야!
도크*를 뛰어오지 말아라 도크는 비에 젖었고
내 가슴은 떠나가는 서러움과 내어쫓기는 분함에 불이 타는데
오오 사랑하는 항구 요꼬하마의 계집애야!
도크를 뛰어오지 말아라 난간은 비에 젖어 왔다

「그나마도 천기(天氣)가 좋은 날이었더라면?……」
아니다 아니다 그것은 소용없는 너만의 불쌍한 말이다
너의 나라는 비가 와서 이 도크가 떠나가거나
불쌍한 네가 울고 울어서 좁다란 목이 미어지거나
이국의 반역 청년인 나를 머물게 두지 않으리라
불쌍한 항구의 계집애야 울지도 말아라

추방이란 표를 등에다 지고 크나큰 이 부두를 나오는 너의 사나이도 모르지는 않는다
내가 지금 이 길로 돌아가면

용감한 사나이들의 웃음과 알지 못할 정열 속에서 그날마다를 보내던 조그만 그 집이
인제는 구둣발이 들어나간 흙 자국밖에는 아무것도 너를 맞을 것이 없는 것을
나는 누구보다도 잘 알고 생각하고 있다

그러나 항구의 계집애야! 너는 모르지 않으리라
지금은 〈새장 속〉에 자는 그 사람들이 다 너의 나라의 사랑 속에 살았던 것도 아니었으며
귀여운 너의 마음속에 살았던 것도 아니었었다

그렇지만
나는 너를 위하고 너는 나를 위하여
그리고 그 사람들은 너를 위하고 너는 그 사람들을 위하여
어째서 목숨을 맹세하였으며
어째서 눈 오는 밤을 몇 번이나 거리에 새웠던가

>

거기에는 아무 까닭도 없었으며
우리는 아무 인연도 없었다
더구나 너는 이국의 계집애 나는 식민지의 사나이
그러나 오직 한 가지 이유는
너와 나 우리들은 한낱 근로하는 형제이었던 때문이다

그리하여 우리는 다만 한 일을 위하여
두 개 다른 나라의 목숨이 한가지 밥을 먹었던 것이며
너와 나는 사랑에 살아왔던 것이다

오오 사랑하는 요꼬하마의 계집애야
비는 바다 위에 내리며 물결은 바람에 이는데
나는 지금 이 땅에 남은 것을 다 두고
나의 어머니 아버지 나라로 돌아가려고
태평양 바다 위에 떠서 있다
바다에는 긴 날개의 갈매기도 오늘은 볼 수가 없으며
내 가슴에 날던 요꼬하마의 너도 오늘로 없어진다

>

그러나 요꼬하마의 새야
너는 쓸쓸하여서는 아니 된다 바람이 불지를 않느냐
하나뿐인 너의 종이우산이 부서지면 어쩌느냐
어서 들어가거라
인제는 너의 게다 소리도 빗소리 파도 소리에 묻혀 사라졌다
가보아라 가보아라
나야 쫓기어 나가지만은 그 젊은 용감한 녀석들은
땀에 젖은 옷을 입고 쇠창살 밑에 앉아 있지를 않을 게며
네가 있는 공장엔 어머니 누나가 그리워 우는 북륙(北陸)의 유년공(幼年工)이 있지 않느냐
너는 그 녀석들의 옷을 빨아야 하고
너는 그 어린것들을 네 가슴에 안아 주어야 하지를 않겠느냐
가요야! 가요야! 너는 들어가야 한다
벌써 사이렌은 세 번이나 울고
검정 옷은 내 손을 몇 번이나 잡아다녔다

인제는 가야 한다 너도 가야 하고 나도 가야 한다

이국의 계집애야!
눈물은 흘리지 말아라
거리를 흘러가는 데모 속에 내가 없고 그 녀석들이 빠졌다고
섭섭해하지도 말아라
네가 공장을 나왔을 때 전주(電柱) 뒤에 기다리던 내가 없다고
거기엔 또다시 젊은 노동자들의 물결로 네 마음을 굳세게 할 것이 있을 것이며
사랑에 주린 유년공들의 손이 너를 기다릴 것이다

그리고 다시 젊은 사람들의 연설은
근로하는 사람들의 머리에 불같이 쏟아질 것이다

들어가거라! 어서 들어가거라

비는 도크에 내리고 바람은 데크*에 부딪친다
우산이 부서질라
오늘 쫓겨나는 이국의 청년을 보내 주던 그 우산으로 내일은 내일은 나오는 그 녀석들을 맞으러
게다 소리 높게 경빈(京濱) 가도를 걸어야 하지 않겠느냐

오오 그러면 사랑하는 항구의 어린 동무야
너는 그냥 나를 떠나보내는 서러움
사랑하는 사나이를 이별하는 작은 생각에 주저앉을 네가 아니다
네 사랑하는 나는 이 땅에서 쫓겨나지를 않는가
그 녀석들은 그것도 모르고 같이 있지를 않는가 이 생각으로 이 분한 사실로
비둘기 같은 네 가슴을 발갛게 물들여라
그리하여 하얀 네 살이 뜨거워서 못 견딜 때
그것을 그대로 그 얼굴에다 그 대가리에다 마음껏 메다쳐 버리어라

>

그러면 그때면 지금은 가는 나도 벌써 부산 동경을 거쳐 동무와 같이 요꼬하마를 왔을 때다
그리하여 오랫동안 서럽던 생각 분한 생각에
피곤한 네 귀여운 머리를
내 가슴에 파묻고 울어도 보아라 웃어도 보아라
항구의 나의 계집애야!
그만 도크를 뛰어오지 말아라
비는 연한 네 등에 내리고 바람은 네 우산에 불고 있다

박세영 편

누나

누나!
그날을 또 어떻게 지내셨수
유황 가루 얻어맞은 것 같은 세 자식을 데리고
돌아가며 밥 달라는 굶은 어린것들을 데리고
허나 누나를 보고 오는 나의 마음은
비스듬한 고개가 갑자기 깎아질러 보이고
내려다뵈는 도시를 향하여 가슴을 몇 번이나 두드렸소

누나!
그러게 내가 무어라고 그랬수
가난한 사람은 다 같은 생각을 가져야 한다고
내 몸은 가난의 그물에 걸렸으면서도
생각은 가장 이상경(理想境), 문화 주택을 생각하고
재산을 생각하지만 어디 되는 줄 아우!
가난한 사람이 누구라 안 부지런하우만은
돈을 모을 수가 있습디까 그것도 봉건 시대의 말이유
부지런이란 무엇 말라빠진 것이란 말이유

>

누나!
십 년을 공부하고 나온 몸이라
언제나 중병자(重病者)와 같은 여공들을 볼 때는
개나 같이 생각하지 않았수만은
누나도 사흘 굶고 공장에로 안 나서셨수
그럴 때 **놈**들은 누나가 늙었다고 거절을 하지 않았수
나이 삼십이 넘은 누나가 늙었다는 것은
자본주의 시대의 솔직한 말이 아니유
놈들은 조금이라도 우리의 힘을 더 빼앗을 생각밖에

누나!
그러면서도 또 무슨 생각을 하시유
인제는 북평(北平)으로 가버린 남편도 기다릴 게 없수
그저 새 생각을 먹고 나서시유
다른 공장에라도 가보시유
그래 같은 여공의 **동지**가 되어
우리들의 **투쟁**을 위하여 **싸워** 나갑시다

>

누나!

그래야 가장 훌륭한 누나가 아니겠수

머리는 기름박을 뒤쓴 것 같이 윤이 흐르는 놈들의 여편네들은

뱃속의 촌충이나 무에 다르겠수

누나! 그러면 나는 기다리겠수

누나의 레포를 기다리겠수

안막편

삼만의 형제들

—북쪽 농장의 일

십 년이나 참고 참아 왔다는구나
쌀 한 톨 못 먹고 속아만 왔다는구나
그놈들이 모두 빼앗아 가고 무얼 또 뺏으려누
또 속을 줄 아나 우리는 일어났다는구나

××에 ××에 삼만(三萬)의 형제가 모여든 지 십 년
밤낮 자갈밭 시궁창을 논밭으로 만들었구만
오오 마누라 자식 딸을 굶겨 죽이지 않았누
또 ××들 논밭을 그저 뺏길 줄 아나

비 맞고 백 리나 걸어갔던 지난봄을 잊을까 보냐
그놈들 그놈들 다 한 놈들이었지
물 안 대고 몇 달이나 뻗댔던 지난해는 지고 말았지만
이번은 기어코 이기고 말 테다

몰래 논에 물 대는 놈은 누구냐
삼만의 형제를 팔아먹으려는 놈들

××의 동무 ××의 동무는 놈들 때문에 졌다지만
우리는 기어코 이기고 말 테다

우리 땅을 너희들 땅이라고 내쫓지만
××와 ×××쟁이가 칼을 휘두르지만
몇 번이나 몇 번이나 데모 때 죽어 가던 형제는 다시 돌아오지 않지만
우리는 기어코 이기고 말 테다

××을 들고 몰아갈 적에
놈들은 무서워 떨지를 않데
××가 무어냐 ×××쟁이가 다 무어냐
우리는 죽을 때까지 싸우자

전 조선의 형제가 이겨라 이겨라 한다는구나
한 ×이 ×으면 열 ×이 모이자
열 ×이 모이면 백 ×이 모이자

뭉치면 꼭 이긴다는구나

××를 데모로 몰아갈 때다
본× 같은 형제가 돌아온다는구나
오늘은 ×× 마당에 모인단다
×합×를 선두로 몰아갈 때다

백만 중의 동지

동지야! 너는 혼자가 아니다 수없는 대중의 물결 속에
용감한 노동자 농민 속에 있다
네가 연설을 할 제 ×를 뿌릴 제 **놈**들의 눈을 속여 가며 우리들의 인쇄물을 박을 제
그리고 네가 몹쓸 **고문**에 뼈와 살이 으스러질 제, 다음 일을 계획할 제나
언제나 언제나 너는 수십만 수백만 대중 속에 있다

소리 찬 공장 속에 농촌 속에……
철공소 인쇄소 광산 기선(汽船) 속에
우리들의 곳곳마다의 작업장 속에 집합소에
××**자본**주의 밑에 다 같이 착취당하는 수천만 대중 속에
동지야 너는 있다
베를린, 파리, 빈, 모스크바, 시카고, 봄베이, 상하이
똑같은 목적을 가진 똑같은 미래를 가진 전 세계 프롤레타리아 속에
동지야 너는 있다

>

네 희망은 그들의 희망이고
네 분노는 그들의 분노이다
네 입에서 나오는 말은 그들의 말이며
네 모든 행동은 그들이 명한 행동이다

그런데
동지야 너는 왜 우울한 얼굴을 하고 있느냐
언제나 어떠한 어려운 때나 긴 숨을 안 쉬는 네가
투쟁가를 부르던 네가 왜 이처럼 우울한 얼굴을 하느냐
그렇다
우리들의 신문은 나오지를 못하였으며
우리들의 집합은 해산만 당하였다
우리들의 대열에선 비겁한 많은 놈들이 탄압이 겁이 나서 달아났다
그리고 몇 번째 몇 번째 우리들의 용감한 형제는 모조리 빼앗기어 버리었다
동지야 그래서 너는 그렇게 우울한 얼굴을 하는구나

>

오오 오늘도
우리가 가장 사랑하는 동지 우리 가장 미덥던 형제가
××××에 제이 제삼의 〈칼〉이 되어 와다마사가 되어 ××문을 나오는구나—
동지야 그래서 그처럼 우울한 얼굴을 하느냐
그러나 동지야
우리들의 신문은 놈들의 눈을 속이어 또 나오지 않느냐
〈노동자 농민 제군! ×××을 ××라!〉라는 ×××가 공장 속에 또다시 흩어지지 않느냐
이렇게 우리들의 헐리었던 조직은 오오 보다 더 강대하게
대중 속에 뿌리를 박고 있지 않느냐
동지야!
너는 대중 속에 있다 너는 노동자 농민 속에 있다 수억만 전 세계 프롤레타리아 속에 있다

동지야 너는 의심할 아무것도 없다 너의 갈 곳은 〈싸움터이고 무덤 속〉이다

동지야 너는 의심할 아무것도 없다 〈××할 전 세계〉가 있을 뿐이다

동지야 오직 우리들은 용감히 전진하자!

*

11쪽 〈도로코〉는 〈탄광 등에서 사용되는 궤도 열차〉이다.

13쪽 пионер. 〈개척자〉라는 뜻의 러시아어. 소년 공산당원을 가리키는 말이기도 하다.

14쪽 이 시의 말줄임표는 검열에 의해 삭제된 부분으로 추정된다.
「우리를 가난한 집 여자라고」(30쪽), 「소년공의 노래」(35쪽), 「타락」(38쪽)도 이에 해당한다.

16쪽 『적련』은 러시아의 여성 공산당 간부 알렉산드라 콜론타이의 소설로 〈붉은 사랑〉이란 뜻이다. 원제는 〈Василиса Малыгина(바실리사 말리기나)〉이다.

31쪽 원문에는 〈있는〉이 없으나 잡지 발표분에는 있는 것으로 보아 탈자된 듯하다.

50쪽 원문은 〈정은〉으로 되어 있다.

54쪽 〈봉통〉은 〈봉투〉를 뜻한다.

61쪽 〈도크dock〉는 〈선창, 부두〉를 뜻한다.

66쪽 〈데크deck〉는 〈갑판〉을 뜻한다.

해설

카프 시인들과 『카프 시인집』

『카프 시인집』은 조선프롤레타리아동맹(KAPF) 문학부에서 기획되어 나온 시집으로 1931년 11월 집단사에서 발행되었다. 당시 카프 맹원이던 김창술, 권환, 임화, 박세영, 안막 등 다섯 명의 시가 수록되어 있다.

1920년대 중반부터 창작되어 온 카프 계열의 시들은 1920년대 후반에 이르러 모호한 감상성과 관념적 구호를 벗어나기 시작했다. 당시 빈번하게 일어났던 노동자·농민의 파업 투쟁, 소작 쟁의·노동 쟁의를 소재로 삼아 구체적 현장성을 확보하였다. 민중의 투쟁 의식을 고취하려는 강한 목적성을 드러낸 것이 이 시기 시들의 특징이라 할 수 있다. 이 시집에 실린 시들은 이러한 경향을 대표하는 시들을 수합한 것이다. 몇 편을 제외한 대부분의 시들은 1920년대 후반 이후 잡지에 실린 시들을 재수록했다.

문예 운동의 정치 투쟁화(볼셰비키화)를 노선으로 정한 1931년 카프의 제2차 방향 전환은 프롤레타리아를 주체로 하고 이들의 이익과 해방을 목표로 하는 작품 창작을 주도하였다. 카프의 이러한 지향성은 『카프 시인집』의 발간과 밀접한 연관이 있는 것으로 보인다. 한편 이 시집이 발간된 1931년은 정점에 달했던 카프의 조직력이 무너지는 조짐을 보이기 시작한 해이기도 했다. 이 무렵 카프는 처음으로 주요 동맹원이 검거되는 위기를 겪었다. 이 시집은 결국 카프 시인들이 활발하게 활동하던 당시에 발간되어 그들 시의 면모를 집중적으로 보여주는 처음이자 마지막 시집으로 남게 되었다.

시집에 실린 다섯 시인들 중 가장 선배 격인 김창술은 1903년 전주에서 태어나 노동을 하면서 독학을 하였고 1950년에 사망하였다. 이 외에 그의 생애에 대하여 알려진 것은 별로 없다. 그는 1924년부터 시를 쓰기 시작하였으며, 프로 문학 운동이 아직 활발하지 않았던 1920년대 중반에 비교적 많은 작품을 발표하였다.

초기의 시들에서는 모호한 감상성이 발견되나, 카프 가입 이후의 시들은 직설적인 표현으로 현실의 모순을 고발하고 낙관적 전망을 드러내는 특징을 지닌다.

권환과 임화는 카프의 제2차 방향 전환인 문예 운동의 정치 투쟁화를 주도했던 인물이다.

권환의 본명은 권경완이며 1903년(호적에는 1906년) 경남 창원에서 태어나 일본 교토 제국대학 독문과를 졸업하였다. 1927년 일본 유학생 잡지 『학조』에 소설을 발표하며 작품 활동을 시작하였다. 이후 귀국하여 카프에 가입한 후 1930년부터 투쟁 의식을 극명하게 드러내는 시와 평론을 발표하였다.

그는 1934년 카프 제2차 검거 사건 때 수형 생활을 하였다. 이 검거 사건을 계기로 1935년 카프가 해체된 이후에는 내면의 서정성을 보여 주는 시들을 발표하였다. 1943년과 1944년에 연이어 발간한 시집 『자화상』과 『윤리』에는 변화한 권환의 시들이 수록되어 있다. 해방 후에는 조선문학가동맹의 중앙 집행 위원을 맡으며 다시 좌파 문인으로 활약하였다. 그러나 그는 월북하지 않았으며, 마산에서 살다가 1953년 병으로 사망하였다.

그의 초기 시들은 민중들에게 계급 의식을 불어넣는 것을 목적으로 하는 정치 투쟁으로서의 성격을 가장 잘 보여 주는 것으로 평가받는다. 「정지한 기계」, 「우리를 가난한 집 여자라고」는 프롤레타리아트의 극빈한 삶의 풍경과 부르주아지의 사치스러움을 극명하게 대조시키며, 민중들의 분노와 투쟁 의식을 고취하고자 한다. 부르주아지의 삶에 대한 적대감, 가진 자와 못 가진 자의 대립과 갈등, 소시민에 대한 비판 등은 그의 시의 중요한 주제이다. 이 시집에 실린 7편의 시는 모두 이러한 주제를 명확하게 드러내는 그의 대표작이다.

임화는 대표적인 프로 시인 중의 한 사람이자 1930년 이후 카프의 핵심 인물이기도 하였으며 뛰어난 비평가이기도 했다. 그의 본명은 임인식이며 1908년 서울에서 태어나 보성고보를 중퇴하였다. 그는 1926년경부터 시와 수필을 발표하기 시작하였다. 초기의 시들은 다다이즘풍으로 쓰인 것이었다. 또한 영화에 큰 관심을 가져 1928년에는 배우로 출연하기도 하였으며 영화에 관한 글도 남겼다. 그가 카프에 가입한 것은 1927년을 전후한 시기인 것으로 추정된다. 1929년에 단편 서사시 계열의 시들을 발표하며 카프의 대표 시인으로 떠올랐다. 1930년 도쿄로 유학하여 카프의 도쿄 지부에서 활동하다가 1931년 귀국한 이후 카프의 실질적인 책임자가 되었다. 1931년과 1934년의 두 차례 검거 사건을 겪은 후 김남천과 함께 카프 해산계를 제출하였다. 해방 후에는 조선문학가동맹을 결성하는 등 다시 좌파 문인의 핵심 인물로 활동하다가 1947년 월북하였으며 〈미제국주의의 스파이〉라는 죄목으로 북한에서 1953년 사형당하였다. 그는 네 권의 시집 『현해탄』(1938), 『찬가』(1940), 『회상 시집』(1947), 『너 어느 곳에 있느냐』(1951)와 평론집 『문학의 논리』(1940)를 상자하였고, 1939년 최초의 현대문학사에 해당하는 「개설조선신문학사」를 연재하였다.

김기진에 의해 높이 평가되며 〈단편 서사시〉로 명명된 임화의 일련의 시들은, 서간문 형식과 서사적 구도라는 특징을 지닌다. 이러한 시들은 투쟁 의식의 고취를 목적으로 하고 있지만, 시 속의 인물들은 대체로 힘없고 무기력하며 가족이나 이성 간의 애정으로 매개되는 경우가 많아 서정

적이고 애상적인 분위기가 농후하다. 카프 해산 이후의 시들은 개인의 고통스러운 내면과 비관적 의식을 보여 주는 경향이 강하게 나타난다.

이 시집에 실린 6편의 시는 임화 시의 초기 대표작이다. 이 중 「네거리의 순이」, 「우리 오빠와 화로」, 「우산 받은 요꼬하마의 부두」는 전형적인 단편 서사시 계열의 작품이다. 「네거리의 순이」는 많은 부분 수정되어 1938년에 발간된 『현해탄』에 재수록되었다.

박세영은 1902년 고양에서 출생하여 가난한 유년 시절을 보냈다. 배재고보를 졸업하고 중국에 유학하였을 때 사회주의 사상과 접하게 되었다. 그리고 1925년 카프에 가입한 후 본격적인 작품 활동을 시작하였다. 1926년부터 1934년까지 소년 잡지 『별나라』의 편집 책임을 맡으며 아동 문학 운동을 전개하기도 하였다. 카프 해산 이후 배재고보에 재직하던 그는 1938년 시집 『산제비』를 상자하였다. 해방 후 월북한 후 북한에서 활발한 작품 활동을 하다가 1989년 사망하였다.

카프 활동 당시의 시들은 노동자 농민의 궁핍한 삶을 그리며 계급 의식을 고취하려는 목적의 시들이 많다. 이 시집에 실린 「누나」는 그러한 경향을 잘 보여 준다. 카프 해산 이후의 시들은 선동성이 약화된 반면, 피폐한 삶의 묘사와 실향 의식이 전경화된다.

안막은 1910년 경기도 안성에서 출생하였다. 그의 본명은 안필승이고, 일본 와세다 대학 노문과를 수학하였다. 1930년 귀국하여 임화 등과 함께 카프 제2차 방향 전환을 주도하였다. 그는 주로 평론가로 활동하였으며 1930년대에 창작 방법 논쟁을 일으켰다.

이 시집에 실린 두 편의 시는 모두 소작 쟁의와 노동 쟁의를 소재로 하고 있다. 자본가와 지주에 대항하도록 노동자 농민을 선동하기 위한 목적으로 씌어진 것이다.

『카프 시인집』은 피지배 계급의 정치적 선동을 목적으로 쓰인 시들을 묶은 것이다. 꽤 많은 구절들이 검열에 의해 삭제되어 있음에서도 짐작할 수 있듯이, 이 시집의 시들은 핍박받는 민중들이 세상의 주인이 되어야 한다는 뚜렷한 인식과 도덕적 열정을 지니고 당시 식민지 현실에 대한 단호한 저항의 태도를 보여 준다. 카프 시인들은 문학이 효율적인 정치 운동의 수단이라는 극단적인 문학관을 지녔다. 그들에게 중요한 것은 강도 높은 정치적 주장이지 문학적 수사의 세련됨이 아니었다. 따라서 『카프 시인집』의 구호와 같은 거친 언어들을 기존의 문학적 관점에서 비판하는 것은 별 의미가 없을 수도 있다. 그러나 이러한 점을 감안하더라도 『카프 시인집』의 시들은 지나치게 단순한 현실 인식과 감상적인 태도에 머물러 있는 경우가 많다. 시집이 출간되고 얼마 후, 당시 문학평론가 백철은 〈『카프 시인집』을 읽고 난 뒤의 나의 감추지 않은 정직한 감상과 이해에 의하면 이번 시집 중의 작품은 그중의 하나도 진정한 의미로 계급적 분석 위에서 제작된 작곡은 없다는 것이 무엇보다도 눈에 뜨인다〉라고 비판했다. 이 시집의 시들이 세계에 대한 심도 깊은 이해를 보여 주지 못함을 지적한 것이다. 그러나 『카프 시인집』은 이런 결점들을 지닌 채로 초창기 한국 현대시의 한 갈래를 담당한 시집이다.

이남호(고려대학교 명예교수)

편자의 말

한국 현대시를 대표할 만한 시집들의 초간본을 다시 출간하는 일은 과거를 오늘에 되살리는 일이라기보다는 점점 과거 속으로 사라져 가는 것에 새로운 생명을 부여하여 여전히 오늘의 것이 되게 하는 일이라고 생각한다. 한국 현대시 100년의 역사는 많은 훌륭한 시집을 남겼다. 많은 훌륭한 시집들이 모여서 한국 현대시 100년의 풍요를 이루었다고 말할 수도 있다. 그러한 시집들을 계속 살아 있게 하는 일은 시를 사랑하는 사람의 의무일 것이다.

그러나 이러한 작업은 겉으로 드러나지 않는 수고와 신중함을 많이 요구한다. 첫째는 대표 시인을 선정하는 어려움이다. 수많은 시집들을 편견 없이 재검토해야 하는 수고도 수고지만, 선정과 배제의 경계에 있는 시집들에 대해서는 많은 망설임과 논의가 있어야 했다. 대표 시인 선정 작업이 높은 안목과 보편타당한 기준에 의해서 이루어졌는지는 시간을 두고 전문 독자들에 의해서 판단될 것이다.

두 번째 어려움은 표기에 관련된 것이다. 사실 20세기 전반기의 우리 출판과 한글 표기법의 수준은 보잘것없다.

맞춤법, 띄어쓰기, 행 가름, 연 가름 등에는 혼란스러운 곳이 많고 오식으로 보이는 부분들도 많다. 그것들은 오늘날의 독자들에게 혼란과 거북함을 줄 뿐만 아니라, 작품의 이해를 방해하기도 한다. 그리고 다른 지면에 인용될 때마다 표기가 달라지는 결과를 낳기도 한다. 근대 초기의 많은 문학 작품들을 오늘날의 표기법으로 잘 고쳐서 결정본을 확정 짓는 작업이 시급하다고 할 수 있다. 이러한 생각에서 시적 효과를 지나치게 훼손하지 않는 범위 안에서 표기를 오늘에 맞게 고쳤다. 그러나 시의 속성상 표기를 고치는 일은 조심스럽지 않을 수 없다. 단어 하나, 표현 하나마다 시적 효과와 현재의 표기법 그리고 일관성을 고려해서 번역 아닌 번역 작업을 해야 했다. 이러한 작업이 원문의 분위기를 어느 정도 훼손하는 것은 어쩔 수 없었다. 또 어떻게 고쳐야 할지 판단이 서지 않는 부분도 꽤 있었다. 어쩌면 표기와 관련해서 노력한 만큼의 성과를 얻지 못했는지도 모른다. 그러나 이러한 작업의 축적을 통해서 작품의 결정본을 만들어 나갈 수 있을 것이며, 또한 오늘의 독자에게 친숙한 작품이 될 수 있을 것이다.

초간본의 재출간 아이디어를 최초로 낸 사람은 열린책들의 홍지웅 사장이다. 그분의 남다른 문학 사랑과 출판 감각 그리고 이 작업에 대한 전폭적인 지원에 존경심을 표하고 싶다. 그리고 시집 선정과 표기 수정 및 기타 작업은 이혜원, 신지연, 하재연 선생과 팀을 이루어 했다. 이분들의 꼼꼼함과 성실함에도 존경심을 표하고 싶다. 이 총서가 문학 연구자들뿐만 아니라 일반 독자들에게도 널리 그리고 오래 사랑받기를 바란다.

이남호

한국 시집 초간본 100주년 기념판

카프 시인집

지은이 김창술 1903년 전주에서 태어나 노동을 하면서 독학을 하였고 1950년에 사망하였다. 1924년부터 시를 쓰기 시작하였으며, 프로 문학 운동이 아직 활발하지 않았던 1920년대 중반에 비교적 많은 작품을 발표하였다.

권환 권환의 본명은 권경완이며 1903년 경남 창원에서 태어나 일본 교토 제국대학 독문과를 졸업하였다. 해방 후에는 조선문학가동맹의 중앙 집행위원을 맡으며 다시 좌파 문인으로 활약하였다. 그러나 그는 월북하지 않았으며, 마산에서 살다가 1953년 병으로 사망하였다.

임화 임화는 1908년 서울에서 태어났다. 본명은 인식(仁植)이며 보성중학교에서 수학하였다. 1929년 단편 서사시 계열의 시들을 발표하며 카프의 대표 시인이 되었다. 1938년 첫 시집 『현해탄』, 해방 후인 1947년에는 『찬가』, 『회상 시집』 등을 발간했다. 1947년 월북하여 1953년 사형당했다.

박세영 박세영은 1902년 고양에서 출생하여 가난한 유년 시절을 보냈다. 1925년 카프에 가입한 후 본격적인 작품 활동을 시작하였다. 카프 해산 이후 배재고보에 재직하던 그는 1938년 시집 『산제비』를 상자하였다. 해방 후 월북하여 북한에서 활발한 작품 활동을 하다가 1989년 사망하였다.

안막 안막은 1910년 경기도 안성에서 출생하였다. 본명은 안필승이고, 일본 와세다 대학 노문과를 수학하였다. 1930년 귀국하여 임화 등과 함께 카프 제2차 방향 전환을 주도하였다. 주로 평론가로 활동하였으며 1930년대에 창작 방법 논쟁을 일으켰다.

지은이 김창술 · 권환 · 임화 · 박세영 · 안막 **책임편집** 이남호
발행인 홍예빈 · 홍유진 **발행처** 주식회사 열린책들 **주소** 경기도 파주시 문발로 253 파주출판도시 **전화** 031-955-4000 **팩스** 031-955-4004 **홈페이지** www.openbooks.co.kr

ISBN 978-89-329-2221-8 04810 **ISBN** 978-89-329-2210-2 (세트)
발행일 2022년 3월 25일 초간본 100주년 기념판 1쇄

초간본 간기(刊記) 인쇄 쇼와(昭和) 6년 11월 24일 **발행** 쇼와 6년 11월 27일 **정가** 0.5엔 **저작 겸 발행인** 신명균(경성부 수표정 42) **인쇄인** 이병화(경성부 수표정 42) **인쇄소** 신소년사인쇄부(경성부 수표정 42) **발행소** 집단사(경성부 혜화동 141-2) **발매소** 중앙인서관(경성부 경운동 96) **진체(振替)** 경성 12178